APPRENTIS LECTEURS

IL N'Y A PAS DEUX ENFANTS PAREILS

Christina Mia Garde...
Illustrations de Bob Mc...
Texte français de Claudine ...

D1414093

Éditions
SCHOLASTIC

À mes parents, dont les cinq enfants ne sont pas pareils,
et à Paul, le plus grand de tous les enfants! Affectueusement
— C.M.G.

À Lalane
— B.Mc

Gardeski, Christina Mia

Il n'y a pas deux enfants pareils / Christina Mia Gardeski;
illustrations de Bob McMahon;
texte français de Claudine Azoulay.

(Apprentis lecteurs)

Traduction de : All Kinds of Kids.
Pour les 3-6 ans.
ISBN 0-439-94795-2

I. McMahon, Bob, 1956- II. Azoulay, Claudine
III. Titre. IV. Collection.

PZ23.G3745Il 2005   j813'.6   C2005-904333-4

Édition publiée par les Éditions Scholastic, 175 Hillmount Road, Markham (Ontario) L6C 1Z7.

5 4 3 2 1   Imprimé au Canada   05 06 07 08

Il n'y a pas deux enfants pareils.

Certains sont des garçons,
d'autres sont des filles.

Certains font du bruit,
d'autres sont tranquilles.

Certains sont petits,
d'autres sont plus grands.

Certains sont sportifs,
d'autres jouent d'un instrument.

Certains ont les cheveux bruns,
d'autres d'un roux éclatant.

13

Certains vont à vélo,
d'autres en fauteuil roulant.

Certains veulent partager,
d'autres sont taquins parfois.

Certains aiment la pizza,
d'autres préfèrent les pois.

Mais peu importe
où tu vas,

tous les enfants
sourient comme ça!

LISTE DE MOTS

a	en	ont	sont
à	enfants	où	sourient
aiment	fauteuil	pareils	sportifs
autres	filles	parfois	taquins
bruit	font	partager	tous
bruns	garçons	pas	tranquilles
ça	grands	petits	tu
certains	il	peu	un
cheveux	importe	pizza	vas
comme	instrument	plus	vélo
des	jouent	pois	veulent
deux	la	préfèrent	vont
du	les	roulant	y
éclatant	mais	roux	